좋아해서 미안해

한기옥 시집

좋아해서 미안해

달아실기획시집
36

보조 용언과 합성 명사의 띄어쓰기 등 본문의 맞춤법은 시인의 의도에 따른 것임.

시인의 말

그 아이가
이 별에 온 지 8년째다.

기선이
내게 와
말 걸어주고 놀아준
꿈결 같은 시간 속
그 빛깔과 냄새를
오래도록 기억하고 싶어서

우리가 함께 만든
조그만 글들을 모아
다섯 번째 시집을 묶는다.

2024년 가을
한기옥

차례

좋아해서 미안해

2부

3부

1부

문 여는 사람

넌 내게
살며시 기댈 뿐인데
요새 뭐 해요?
말 거는 것 같고
넌 내게
가늘게 웃을 뿐인데
말 못 할 걱정 있어요?
묻는 거 같고
넌 기침 소릴 낼 뿐인데
고라니 꿩 토끼 노루 까치…
손뼉 치고 춤추는 모습
섬광처럼 일었다 지고
눈 떠서 잠들 때까지
곁에 내가 있잖아요
땟물 찌든 마음 자락 보얗게 빨아
대기권 바깥에 널어줄게요
오래도록 살고 싶게
주문을 거는 사람
넌 새끼 오리처럼 걸을 뿐인데

나를 옥죄고 있던
문이란 문들 활짝 열리네

정비공 소년처럼 네가 와서

곱고 녹슬어
전원 등 깜박거리기 시작한 지
한참 된 기계를
고쳐 쓸 수도
숨통을 끊어 묻어버릴 수도
마땅한 묘수 떠오르지 않아
터널 속 헤맬 때
정비공 소년처럼 네가 와서
어눌한 말과 윤기 나는 웃음으로
녹슨 먼지 털어내고
기름 한두 방울 쳐줬지

뻑뻑하던 바퀴들
랄라랄라
돌아가던 날
휘둥그레진 내 눈 쳐다보며
귀띔해줬지

나아갈 길도

되돌아갈 길도 보이지 않아
끙끙거리고 있을 누군가에게 가

톡 톡
기름 한두 방울 쳐주는 일 같은 게
시일 거라고

사는 일일 거라고

넌 슬프다는데

맘에 차지 않는다고
아이가 자주 운다

눈치 안 보고
체면 차리지 않고
싫은 건
내장 속까지
싫어요
당신이 사탕발림으로
날 속여
반지르르 윤을 낸다고 해도
속 깊은 데까지
달달하지 않아서
껍질 벗겨지고 나면
속 빈 강정이라는 걸
내가 다 알아요

망원경으로 사람 속을 들여다보다가
이건 아니야

지뢰처럼 터져
폭풍 눈물 쏟아내는 아이

넌 슬프다는데

나 불에 덴 듯 화끈거리네

옹알이

뽀족하지 않게 살았으면 좋겠다고
동그랗게 입술 모으고
야단스럽지 않게
순정한 목소리로
말랑말랑하게
오 오오 아오아 이이우이우

불한당처럼
꽃물처럼
스며들어와

아무 일 아녜요

뭔 일 있어요?
난 몰라요
너 시치미 떼네

너머에서 쓰던 말

이불 밖으로 나온
아이 발
신발 신으려면 멀었겠다
언제 일어나 걷누
만져보는데
살짝 오므렸다 편다

그 맘 내가 알아요

놀이터 나가
달리기도 하고
미끄럼틀도 타고 싶어요
대답하듯

아이는 아직
저 너머에서 쓰던 말이
편한가 보다

날 내버려둬요

뭐 먹을래
어디 갈까
물으면
대답 대신 눈만 웃는 아이

당신들이 말하길 바란다고
내가 말하고 싶어지는 건 아녜요
내가 말하고 싶을 때 말하게
날 내버려둬요

누구든 오늘
그의 시간을
꽉 차게
살아내고 있는 중일 텐데

아이 앞에서
말이 늦는다고
나는 또
성화다

내가 낀 안경으로 제때 그를 볼 수 없다고

안경 벗을 생각은 않은 채

승강기 그림 앞에서

아이가 붙박이장 문에 붙이고 간
승강기 그림
버튼 위에
손가락 얹을 때마다
실로폰 소리처럼
끌려 나오는 아이 목소리
거실이 왁자하다

몇 층으로 모실까요?

이 층은 너무
춥고 어두워

민들레 꽃씨
꽃 꿈꾸다 내려오는
하늘 허리 층쯤
내려줄 순 없겠니?
봄 사람 되게 해줘
세상을 환하고 따듯하게 데워주고 싶어

얼음장 같은 사람들 녹여주고 싶어

그런데 당신 왜 이렇게 무겁죠
삐삐
과부하를 알리는 오작동 소리 들리죠?

내가 어떻게 해야 하니?
심장과 머릿속
울화, 아집, 욕망…
나를 낚아채
끌고 가며 놓아주질 않는 저 허깨비들
아무리 떼어내려 해도 떼어낼 수가 없구나

걱정하지 마세요
내 일등손님 그대를 태우지 않고
승강기가 떠나는 일은 없을 테니까

총 쏘는 아이

네 눈알이 장전한 총알이
나를 쐈다
살해당한
나를 무덤 속에 묻고
너와 보내는 깃털 같은 시간들
죽어야 다시 살아날 수 있어요
당신을 하루에 스물네 번씩 태어나게 해줄게요
허공 속에서 파르스름한 목소리 들린 것 같고
네 총알이
두어 차례 더 가슴을 훑고 갔다

풀 한 포기 미동하지 않는
생의 어느 하오에 대고
총알을 갈기고 싶어

그대
봄볕 같은 사람으로
다시 태어날 수 있게
나도 너처럼

마법의 총알을 발사하고 싶어

네 레이저 눈빛을 닮았을
오래전에
내게서 달아난
파란 총알들

다시 찾아올 수 있을까?

친구는 그런 거라고

또래보다 말이 늦어
할아버지 할머니라는 말 대신
하찌, 하이라는 말을
달고 다니는 아이

긴 말은 지겨워
모두 다 쓰는 말은 재미없어요
대신한 말 아니겠냐고 식구마다
우아한 상상으로 달뜨던 날

어린이집 함께 들어가자 떼쓰는 걸 떼어놓느라
할아버지는 무릎 아파 병원에 가야 해
왼쪽 무릎을 탁탁탁 치며 헤어진 일 있다

그 뒤
친구들에게 할아버지 얘기 꺼낼 일 있으면
나 말 못 해
하찌 한 번 쳐다보고는
왼쪽 무릎을 탁탁탁

어린이집 애들도
멀리서
할아버지 나타나면
손가락으로 가리키며
말 잘하는 애들까지
왼쪽 무릎을 탁탁 치며 뛰어오는 거다

그가 아프면
함께 아파하는 거라고
그가 뒤뚱대면
같이 뒤뚱대는 거라고
말 잘해도
함께 말 못 하는 척

친구는 그런 거라고

흠집 난 세상에 나가거든

온 가족 밥상에 둘러앉은
새해 첫날 아침

떡국 한 그릇 먹었으니
나이 한 살 더 먹는 거다
내 나이도 한 살 가져가라
떡국 한 숟가락 덜어줬더니
그럼 두 살 더 먹는 거냐고
아이 신났다
내친김에
원숭이띠 맘에 안 든다고
엄마랑 바꿔 호랑이띠 하겠단다

네가 원하는 거 다 줄게
네 웃는 얼굴만 한 보약이 없구나

좋은 거 뭐든 다 가져라
오래오래
기분 좋은 맘 하나로 살아라

상처받지 않은 사람으로 살다가
훗날 상처 나고
흠집 난 세상에 나가거든
기꺼이
하얀 붕대가 되고
연고가 되어주렴

저 혼자 브라보

아직 제대로 말을 할 줄 모르는 아이가
거실 돌며 종일
하 하 하…

자신만만하게
식구들 부르는 말일 텐데
야물지 못하다

안간힘 다해 내는
그 소리에
누구든
헤어나오지 못한다는 걸 아는지
깨어나 잠들 때까지
하 하 하… 하 하 하…
저 혼자 쉴 새 없이 부르는
앙코르다

식구 수대로 후렴구처럼
ㄹ ㅁ ㅂ… ㅏ ㅑ ㅓ ㅕ… 살을 입히며

애끓는다는 걸 알 리 없으니

흉내 낼 수 있는 사람 있으면 나와보라고
하 하 하… 하 하 하…
하루 종일 자신만만하게
저 혼자 브라보!
아무도 떼어 말릴 수 없다

어린 왕

낯을 가리고
맘에 들지 않으면 큰소릴 낸다
싫은 걸 세차게 고개 저을 줄 안다
당당한 아이 앞에서
나는 매번 우물쭈물
분명 앞으로 걷는데
누가 뒷덜미를 낚아채는지
한 발자국씩 뒤로
물러나고 있음을 알겠다

널 위해서라면
아무런 내색 않고
내 기꺼이 뒷걸음질쳐줄게
물러서줄게

앞만 보고 걸으시라
걱정 근심일랑 허공에 던져버리고
머뭇대지 말고

어제보다 내일
세상이 나아질 거라는 믿음
끝끝내 저버리지 말고
나아가시라 어린 왕이여

도둑놀이

도둑 아저씨네 집에
너처럼 어린애가 살아
엄마도 없는데 아이가 아파
낮엔 아이랑 놀아줘야 해서
아빠가 일을 할 수 없단다
병원에 갈 돈을 벌려고
아빠가 밤에
잠깐씩 도둑이 되는 거야
세상에 처음부터 나쁜 사람은 없단다

내 진부한 소설에 흥미를 보이는 아이가
다음 줄거릴 물으며
식당에 가 밥도 먹고
목욕탕에 들려 목욕도 하잔다
그럼 도둑이랑
여관에 들어가 잠을 자는 건 어떠냐 물었더니
손뼉 치며 발 구른다

그렇게

아침이 오고
나는 다시 도둑이 되어 도망을 가고
아이는 경찰차 경적을 울리며
끝없이 쫓아오고…

그런데
이 지난한 생은
언제쯤 끝나게 되는지 아느냐고
묻고 싶을 즈음

아이가
경찰차를 장난감 통 안에 넣는다

다른 놀이 할까요?
아님
피할 수 없는 생이라 생각하고
즐기시던가
어떤 말을 하려고 한 건지는
알 수 없다

배나무 가지를 주제넘게

내버려달라는
배나무 가지에 대고
또 같잖게 말한다

지금
가위질을 멈춘다면
넌 해마다 쥐똥만 한 열매나
올망졸망 매달고
그게 네 꿈의 끄트머리인 양 착각할 거고
네 의지 바깥으로 뻗어 나간
잔가지 속에 묻혀
밤늦도록 뒤척이게
될 거야

반 뼘짜리 행복에
어수룩하게
갇혀버릴 텐데
괜찮겠어?
철모르고

비어져 나오려는 눈물일랑
어리버리 딱정벌레에게나
줘버려

손주 아이 오면 네 얘길
선물하려고 해
널 궁금해하면
매년 이맘때쯤 네 모습 보러
안골에 오라고 새끼손가락 걸어야지

그냥 내버려달라는
배나무 가지를 주제넘게
또 쳐낸다

작은 것에 기뻐하세요

오랜만에 온 가족 모여 앉은 일요일

똑똑하고 씩씩하고 멋있고 착한
사람이 되었으면 좋겠네
식구 수대로
한 문장씩 연습시키고
아이에게 네 소개해볼래
했던 것인데
얼굴 발그레해져
머뭇댄다

나는 똑똑하고 멋있고…
머리 긁적대며
식구들 둘러보더니

행
복
한
이기선입니다

말하고 자리에 앉는다

뭘 더 설명해야 하느냐고
가르쳐준 문장들 죄다 지워버렸다고

올해 여섯 살
네가 행복을 알아?
가르쳐준 적도 없는데?
머릿속에서 고개 드는
의문부호들 옆으로
엉겨 붙는 송곳 문장 있다

욕심부리지 마세요
작은 것에 기뻐하세요

돌아보니
주제넘게
커 보이고 높아 보이려고
까치발 들던 날들이

속에서 흠집을 내고 생채기를 만들고
행복을 내몰았다

2부

특별한 인사

세상에 온 지 4개월
예방 접종하러
병원 간 날
대기실은 초만원
한 시간 넘도록 기다리다 차례 돼
아이를 진료실 침대 위에 눕혔더니

엄마랑 할머니가
안녕하세요
습관처럼 나누는 인사
못마땅했다는 듯
말 대신
뽕뽕 방귀 뀌고
제 방귀 소리에 움찔 놀란다
늙수그레한 의사가 경직되어 있던 얼굴을 풀고
고놈…
아이 가슴에 청진기 대고 웃는다
안녕하시구먼

짧은 인터뷰

봄에
스위스 갔던 거 재미있었어?
네
여행하는 거 좋아?
네
아빠는 힘들어서 또 가기 싫은데…
넌 왜 좋아?
아파트를 지을 수 있어서요
뭔 아파트?
즐거운 마음을 한 층 한 층 쌓아서 아파트를 짓고
그 아파트에 여행 갔을 때 찍어온
사진들을 걸 수 있으니까

무궁화꽃이 피었습니다

'무궁화꽃이 피었습니다' 놀이해
틈만 나면 졸라대는 아이
술래 돌아서 있을 때
안 보이게 걸어오는 거라고
몇 번씩 설명해줘도
매번 눈에 띄는 모습으로 식구들
배꼽 쥐게 하는데
아무도
움직이는 거 봤다고
말하지 않는다

알면서도 모르는 척
봤어도
못 봤다고
시치미 떼주기
때때로
눈뜬장님인 척해주기

그게

어여쁜 당신

꽃 같은 내 사랑

당신께 다가설 수 있는 유일한 길이라면

불 속인들 뛰어들지 못하겠습니까

첫사랑에 그랬듯

유치한 엽서를

식구 수대로

아이에게

하루에도 수차례

날려보내는 것이다

남이섬에서

풀숲에서 나온
파란 깃털 옷 공작새 따라 걷다
나뭇가지 위로 기어오르는 청설모 보이면
달아나지 마, 놀아줘
넌 가까이 다가가 애원하는 듯했지

난 함께 걸으면서도
넘어져, 조심해, 화나면 널 깨문다, 다친다…
너랑 너무 먼 별에 사는 외계인

내가 사는 나라
못마땅하게 바라보며
참을 수 없다고
넌 자꾸 킥킥거렸지

재미없는 동네로
왜 이사했느냐고
언제부터 살게 된 거냐고

내가 노는 섬으로 나와 놀면 안 되겠느냐고

다람쥐 굴 쪽으로 연신
내 손을 잡아끌었지

좋아해서 미안해

아이가 안골 집에서 우렁이 한 마리를 잡아 상자에 넣어
시내로 가지고 나가던 날
차 안에서의 일이다

예쁘고 착한 우리 기선이한데 붙잡힌
우렁이는
행복하겠네

할머니 얘는 사실 불행한 애예요
풀숲이나 들에서 자유롭게
놀아야 하는데
나한데 잡혀 갇히게 됐잖아

파주집으로 데려가기로 해서 미안해
내가 널
좋아하게 돼서 미안해, 미안해

상추를 갉아먹는지 살피는
아이 얼굴에

48

먹구름 짙다

질문 있어요

한자 선생님 질문 있어요

출석이라고 쓸 때
왜 나갈 출
자리 석 자를 써요?
교실에 들어갈 때 이름 부르고
들어가서 대답하는 거니까
들 입
자리 석 자를 써야 하는 거 아녜요?

그러니까 입석入席이라고 해야죠

좋은 시 쓰세요

말랑말랑했으면 좋겠어요
마음을 그네처럼 흔들어주세요
안 해도 될 말은 내다 버리세요
이름 모를 풀꽃을 오래오래 들여다보세요

만나면
좋은 시 쓰라고
가르쳐주는 아이

말하지 않는 말로

어렵지 않게
복잡하지 않게

말놀이

그 아이
오물거리는 입이 보고 싶어서
여기가 어디지?
물었더니

할머니 집

잠시 후
오감 선생님, 오감 선생님 부르며 입이 귀에 걸린다

오! 오감 선생님이라니?

우보삼성, 우보산성, 우보산선 우보선선, 우보선샌, 우
보선생, 오보선생, 오감선샌, 오감선생, 오감선생님… 수
두룩한 말 더미 속에서 이걸 골라냈다고?
외계에서 온 행성처럼
낯선 아이
오감 선생님, 오감 선생님…
주무르고 굴리며 딴생각 없다

재밌어?
묻는데
어린이집 오감 선생님 보고 싶어, 오감 선생님 보고 싶어

말 속으로 들어가 나올 줄 모른다

기선이는 다섯 살

여기 오기 전
김소월, 김종삼, 서정주, 김춘수…
이런 시인을 만나
시를 배워온 게 분명하다

속눈썹이 긴 아이

낙타는
사막의 모래 알갱이가 눈으로 들어가는 걸 막아내려고
속눈썹이 길어졌다지
처음부터 그랬던 건 아니고
사막에서 오래 살다 그리됐다지

네가 살게 될 별 만만치 않단 걸
예감하신 그분
살다 거친 바람 수시로 들이닥쳐
두 눈 깜박거려야 할 때
좁은 틈새라도 생겨
까끌거리는 어떤 것
들어갈까봐

네가 이 별에 오던 날 미리
기다란 차양 눈썹
달아주셨을 거라고

내게도 철옹벽 같은 눈썹 주시어

인생 후반전은 수시로
두 눈 닫고 살 수 있게 해주면 안 되겠냐고

노을 속으로 들어가보는 저녁
바람이 맵다

축하해

말 연습하듯
웅~ 소릴 엎지르며
온 집안을
돌아다니는 아이

물 줘
쉬 마려워요
'꼬마버스 타요' 보여주세요
블록 놀이해
까까 줘요
엄마가 없어요…
웅~ 한 음절이면 그만인

가끔은
숨을 참았다가
우웅~ 하는데
누구든 옳지, 옳지 끄덕이면서
곧 말할 거란 기대
식구 수대로 드러내는 것이지만

이내 잠잠해지는 아이

쓸데없이 뭔 말들이 그렇게 많아요?
질책하듯
수시로
웅~ 한 마디 우아하게 뱉으며
버려도 좋을 말은 하지 마세요

말을 삼키는 일에 열중인 아이

전생에서부터 쓰던 시를 붙들고
고심하다
드디어 맘에 차는 한 음절의 시를
갖게 된 너
축하해

넌

넌 머리맡에 켜놓은 채 잠들고 싶은 앵두 등燈
넌 새소리가 들리는 아침 오솔길
넌 해 질 무렵 뜻 없이 따라 부르고 싶은 노래
넌 슬플 때 그늘에 찾아가 춤추고 싶은 파란 나무
넌 헝클어진 생각 위에 가지런히 꽂고 싶은 머리핀

네가 웃을 때 따라 웃다가
살고 싶어지는

저녁 식탁

누가 대답 잘하나

기선 엄마!
네
기선 아빠!
네
기선이!
네 네 네 네

개미!
······

하부지,
개미는 아직
말 못 해요

산타 할아버지가 울린 아이

반 친구 이름을 좀 아니? 물었더니
아이가 느닷없이 이불에 얼굴 묻고 운다

규빈이는 애들 잘 때리고
장난감 못 만지게 하고
밥도 잘 안 먹는 앤데
장난감을 두 개나 받았대요

난 밥도 잘 먹고
친구들하고 사이좋게 노는데…
산타 할아버지가
선물을 한 개만 주고 갔어요

울음 그칠 줄 모르는 아이를 꼭 안는데
춥다

착하게 산 사람이
선물 더 많이 받고
억울하지 않아서

매일 기분 좋은 세상

네가

만들면 되지 않겠니

할머니는 죽는 날까지 네 편이라는 걸 알아줘

쿠롱*

쿠롱이
잠 안 자고 놀고 싶다 하면 뭐라 할 거야?
운전해보고 싶다 하면 어떻게 할 거야?
그 아이 총알받이 친구 쿠롱
한 번도 데려온 적은 없지만
눈 떠 잠들 때까지 나오는 거로 봐 절친임이 분명하다
못 견디게 하고 싶은데
허락해줄 거 같지 않을 때
넌지시 등장시키고
눈치 살핀다
할머니랑 노는 거
지겨워지기 시작할 때도
그 친구 끌어들이고
딴청 피운다
맘에 쏙 드는 친구가
이 세상 어딘가에 살고 있어서
살맛 나
죽을 만큼 추운 날
방탄벽도 되고 외투도 되어줄 그런

친구를 자꾸자꾸 만드세요
당신 그런 친구 있어요?
눈 맞추며
하루에 몇 번씩 묻는 아이 앞에서
난 자꾸 캄캄하다

* 쿠롱: 애니메이션 〈뽀로로〉에 나오는 친구.

바나나차차*

바나나차차바나나차차
나오는 방
기선아, 기선아
불러도 대답 없네
바나나차차바나나차차
난 떠난 사람
여기 없는 사람
쿵쿵쿵
거실 무너질 듯
지축 흔들릴 듯
발 구르네
바나나차차바나나차차 그렇게 좋아?
식구들 잠깐 쳐다보고
아아아아아
점점 커지는 목소리
머리 아파 낮춰줘 사정해봐도
안 들려 몰라요
바나나차차바나나차차 함께 타실래요?
손 잡아끄는 거 같고

벙어리가 되세요
말하는 거 같고

아아아아아
묻지 마
생각하게 하지 마
고민하고 뱉는 말은 꾸민 말
진짜가 아니야
날 그냥 내버려둬요
바나나차차바나나차차
그 아이는 다섯 살
바나나차차바나나차차
나오면
어디론가 떠나가
돌아올 줄 모르는 아이

* 바나나차차: 빠른 리듬을 가진 유아 동요 곡.

백일

어느 별에서 왔니?
물으면
두 눈만 살짝 감았다 뜨네
언제 내 이름 불러줄래?
얼굴 부비면
묻지 마
고건 내 맘이에요
배냇짓하던 웃음만
가만히 물었다 뱉네

3부

헛것을 씌우고 나만 혼자

아이가 배 아프다고 거실 돌아다니더니
변기통에 앉아
방문 닫는다
창피해?
더러운 걸 아니?
자잘한 상상을 주렁주렁 거실에 걸며
일 보길 기다렸다가
씻기고
변기 치우려는데

버리지 마
자신의 몸을 통과해 나온
모락모락 뜨끈한 덩어리 앞에서
안녕! 내 친구
즐겁다

헛것을 씌우고 나 혼자 걱정했구나

앞질러 나간 내 생각이

똥보다 더
콤콤하게 구렸다는 걸
아이한테 들켰다

초상화

아이가
그려놓고 간 초상화

라면 머리카락
나뭇잎 눈썹 막대기 코
사탕 눈 웃는 입

착하고 다정하기도 해라

내 안에 이렇게
아름다운 사람
들어 있는 거야?

이런 할머니 되어달라고 말하는 것 같아
얼굴 달아오른다

엄마 아빠 삼촌…
누구든 그 애
가슴속 한 차례 휘돌아 나오면

숨어 있던 천사가
얼굴 곳곳에서
하트를 날리고
두 눈을 찡긋거린다

사랑법

아침나절
가족 방에 올라온
동영상 속
기선

유치원에서 배운 노래 좀 불러볼래
……
꽃나무 아래서
한참 몸 꼬며 일어나

친구야
난 널 좋아해…
한 소절 겨우 부르고
꽃 물든 얼굴로
서 있다

심장 바닥에 든 것까지
탈탈 드러내 보이는 사랑은
억지로 만든 가짜 같아

금세 사라질 것 같아
불안해…

그대 앞에
다가가면 머릿속이 하얘져요
노랫말 잊게 돼요

번드름한 말과
세련된 가락으로
다듬어지고 길들여진
플라스틱 사랑에 대고
싹둑싹둑
가위질하는 소리 귓가에 들린다

꽃 한 송이가 방 안에

인큐베이터에 살다 집에 온 지 일주일쯤 된 아이

두고 온 시골집 눈앞에 삼삼해
마당에 붓꽃, 마가렛꽃 흐드러졌겠다
속내 비쳤더니
딸아이 한마디한다
꽃 한 송이가 방 안에 있잖아요

살짝 아이 방문 열었더니
방금 누군가
천상에서 배달하고 간 꽃 한 송이
향내 진하다

마지막 꽃잎 한 장 밀어내는 중인지
꽃잎에 물감을 덧입히는 중인지
연실 입술 옴찔거리고 있다

크리스마스

이 장난감은 할머니가 네게 주는 선물
넌 뭐 줄래
물었더니
곰곰 생각하던 아이
왼쪽 가슴 깊숙이 손 넣었다
하트 꺼내 보이며
가만히 눈 맞춘다

장난감은 시간이 가면 망가져요
오래오래
망가지지 않는
마음의 선물을
세상에 나눠주세요

아이 안에서 걸어 나온 산타가

거실로 주방으로 종일 나를 따라다닌다

바람나라 어린 왕

모네 그림이 그려진 우산
마당 가운데 펼쳐놓았더니
바람 불어와
우산을 마당 곳곳으로 끌고 다닌다
어디선가 나타난 아이
우산 따라
고꾸라질 듯
가다 서다 비틀거리기를 반복하는데
우산인지 아이인지 분간할 수 없다

그대 생이 자주
분하고 억울했던 건
스스로 만든 감옥에
당신을 가둬놓고 자물쇠를 채워뒀단 사실을 잊고 산 때
문일 거야
글썽이는 당신을 외출시켜주세요
나는 오늘 바람나라 어린 왕

바람 하나면

살 이유 넘쳐난다고
바람 속으로 걸어 들어간 아이
나올 줄 모르네

세상의 모든 음악 듣는 저녁

해 질 녘
에프엠 라디오 세상의 모든 음악
함께 듣던 아이
바닥에 엎드려
라디오 안을 구석구석 살핀다

똑똑똑
라디오를 쉴 새 없이 두드린다

아주 오래전
그 안에 살던 사람들
할머니가 하나둘씩
빼냈단다

억지로 끌려 나온 사람들
멀리 달아나
아직 돌아오지 못하고 있어

라디오 속에 찬바람 들어찬 지 오래란다

그 사람들 다시 데려올 수 있을까?

넌 아니?

사랑밖에 난 몰라

복수가 차 입원한 아이
원인을 몰라 대기 중인데
소아병동 일층 로비에 나와 앉아 매일 유쾌하다
또래 아이가 눈에 띄면 그 앞에 가
먼저 손가락으로 나이 가르쳐주고 넌 몇 살?
상대가 입을 다물고 딴청 피우면 너 말 못 해?
엄마 품에 안겨 우는 아이 보이면 울지 마 뚝!
놀다 병실로 돌아가는 아이 쫓아가
내일 또 만나
여긴 나를 사랑하는 사람만 살아요
누구에게든 먼저 다가가
웃으며 안녕! 안녕!
오, 사랑밖에 아는 게 없는 삶이라니
아파서 입원한 아이가 아프지 않은 식구들을 위로한다

지상에다 천국을 차려놓고 사는 아이
부럽다

나무가 옷을 갈아입었네

오랜만에 나선 가족 나들이 길
오색으로 물든 나무 사이로 들어서서

가을이 깊었네
우리 앞에 닥칠 인생 저 나무들 같다면야
뭐든
견뎌볼 만하지 않겠냐고
각자 홀로 생각에 잠기는데

나무가 옷을 갈아입었네

식구들 가슴에
빨간 아침 해 띄워놓고
새 한 마리씩 날아가게 하는 아이

아이 안에는
시 배운 적 없는
큰 시인 한 분 사신다

바퀴 돌리는 아이

바퀴만 보면 돌리는 아이
라디오 다이얼
실내 자전거
오디오 다이얼

뭘 물어도 대답 없이
바퀴에 매달려
세상 끄트머리까지 달리고 싶어
네 곁이라야 사는 것 같아
홀린 듯 빠져드는 아이

자폐성일 수도 있다는데
나는 왜 가슴이 두근거리나

나 저렇듯
한 가지 일에
미쳐본 적 언제였나

어쩌면

아이는 지금
생의 가장 눈부신 계절을
건너고 있는 중이리라

함부로 색칠하지 마세요

첫돌이 코앞인 아이
자고 일어나 거실 떠나갈 듯 울더니
우유 먹고 나서
공처럼 배가 빵빵해요
겨자씨만큼 눈 뜨고 쳐다보다
다시 눈 감는다

잠시
자리 비운 사이 칭얼거리는 소리
달려가
손잡아주니
잠 속에서 웃는다
곁에 아무도 없어 쓸쓸했구나
혼자 견뎌야 하는 게 생이란 걸 아는가보다
생각 길어지는데

덧칠하려들지 마요
내 도화지 위에
함부로 색칠하지 마세요

이맛살 찡그리다 다시 잔다

봄을 부르는 아이

하하
한 단어면 됐었지
할머니, 할아버지
신난다
답답해
배고파
슬퍼…

말이 늘더니
눈 오는 게 소원이야
할아버지 운전 놀이해
삼촌 방에서 잘래
한글 선생님 칭찬한다는데

한 모금 들이키고 나면
쓰린 속까지
단박에 가라앉게 해주던 그 말
아른대는 날 있다

세상을 다 품어 안은 듯
통쾌했던 그 말

내게도 찾아올까?
누군가를 홀딱 반하게 정신 놓게 해줄
짧고도 긴
어떤 말
그 한마디 말로
시 한 편 쓸 수 있었으면 좋겠다고
눈 감아보는 생각 사이로

산수유꽃 피고 진달래꽃 핀다

정수리 얼얼하다

거실에 놔둔 시 동인지
첫돌 지난 아이가
입으로 가져가 한참 잘근대더니 눈살 찌푸린다
시들이 말짱
써서 시큼해서 비릿해서…
먹을 수 없잖아요
더러는
사카린 맛 같아
삼킬 수가 없잖아요
털썩 손에서 놓더니 멀리 기어가
거들떠보지 않는다

쓰윽 혀로 핥았을 뿐인데
아 고소해, 맛있어
희한하게 배가 불러와요
흠흠
누구든
깨물어 먹고 싶어지는 시
쓸 수 있다면 좋겠어요

아이가 내리친 정수리

오래

얼얼하다

무거운 머리를 바닥으로 퉁

희한해라
말하지 않는데
너는 날
종일
설레게 하네
글썽이게 하네

이 별에 올 때 가져와
버려둔 마음 조각들 주워
먼지를 닦아주세요
눈물을 닦아주세요

당신 깊은 곳을 들여다보세요
무거운 머리를 바닥으로 퉁 던져버리세요

다시
넌 날 떠나가고
빈방인데

여문 씨앗처럼 터지는 문장들
천지사방 걸어 나와
나를 흔드네

부처가 따로 없다

양손 깍지 끼고 엎드려
울던 아이
실눈 뜨고 식구들 쳐다보며
뭔가 말할 듯하다
두 팔 포개고 다시 엎드려 운다
잠깐 고개 쳐들더니
젖은 나뭇잎처럼
바닥에 몸을 포갠 채 고요하다

슬픔이 복받쳐 오를 때
바닥까지 몸을 낮추고
울고 나면
개운해진다는 걸
아는 듯하다

4부

말 잘하는 아이가 무서워

3층에서 화단을 보면 꽃이 핀 게 보여, 꽃 지니 아쉽네
했다지

아쉽네 방에 들어가본 적 있니?
우울하네
젖었네
쓸쓸하네…
말 부스러기들
한 끈에 달려
등 돌리고 서 있던 사람
가슴 훑어내는 거 봤니?
눈물 그렁그렁 달고 구석에 앉아
하염없어하던 말들 가까이
가보기나 한 거니?

왜 하필
들길 종일 쏘다니다
맥없이 앉아 자주 먼 데를 우두커니 바라다보고 있었을
그 말인 거니?

햇아 솜털 같은 말
복숭앗빛 아침 부르는 말
나비 날개 같은 말…
사는 방들
어느새 다 지나친 거니?

쉿!
멋모르고 그냥 불쑥
불청객 같은 말이 걸어 들어와
가끔 나를 끌고 달아나는데
못 말리겠어요
잘 모르겠어요
말들이 나를 놓아주질 않아
또래보다
말 잘하는 아이라는 게 무서워
왜 뚱딴지같은 말이 나를 물고 애먹이는지 모르겠어요

그런데 이 아침

뭘 안다고

새를 불러 앉히고 놀던 동백나무

무리 지어 피어난 꽃다지

잠시도 한자리에 앉아 있질 못하는지

바람은 어디 숨어 있는지

기척 없는데 말야

뭐라 뭐라 하는 소리가

허공에서 얼핏

들렸던 것도 같아

애, 우리 함께한 시의 밤 생각나니?

나 릴케란다

뭘 더 가르칠 수 있겠니?

한글 선생님이
보조 교사랑 집에 오던 날
오늘은 선생님이 두 개 왔네
했다지
두 명이라고 해야 해
가르쳐줬더니
두 개 오는 게 더 좋아
쳐다보며 고개 갸웃거렸다지

둘이란 말 너머에서 온
친구들 데리고 한바탕 놀고 있었을 네게
천둥과 벼락을 쳤구나
그 친구들 혼비백산 달아났겠구나

한글 선생님이든
할미든 뭘 더 가르칠 수 있겠니?

저 너머를 아주 떠나오지는 말았으면

식구들 그림자 쫓아 뛰느라
숨 가쁜 아이
별빛과 가로등 불빛 선명해지자
취한 듯 비틀거리며
낯설고 서늘한 바람 후후 내뱉다
제 그림자 속으로 들어가 나올 줄 모른다
마치
이곳에 오기 전 별에서 가져온 놀이인 듯 익숙하다

오, 정녕 네 그늘이 두렵지 않은 거니?
세상 어둠이 무섭지 않은 거니?

이제는 깜깜하게 잊혀진
그러나 한때 나도 너처럼 저 너머의 기억에 의지해
가슴 뛰던 날들 있었단다

얘야, 이 별에 마음 붙이되
저 너머를 아주 떠나오지는 말았으면…

나는 가지런히 두 손을 모으고
깜깜한 하늘을 오래도록
올려다보는 것이다

네 안을 떠도는 말에 대한 생각

할머니 핸드폰 열어보다
양파 모자 쓴
지난해 사진 앞에서
눈길 못 떼는 아이

사진 속 그날
어린이집 친구들
귓속말하며 생일 선물 건넬 때
혼자만 말할 줄 몰라
대답 대신 고개 끄덕이던
얼굴 귀퉁이로
축축한 그늘 도마뱀처럼
지나갔었지

아직도 그날처럼
말소리 방에 자물쇠 걸려 있어
가슴에 천불을 누르고 있을 아이

열망과

떨림과 두려움들로
뛰고 있을
네 안의 말들로 시를 쓸 수 있다면 하는
바람 사이로

불방망이질치는 생각

아이 안에서 활화산처럼 끓고 있을 어떤 것에 비한다면
내 시는 얼마나 미적지근하고 하찮은 것이랴

넌 누구니?

그 아이는 네 살

화를 모르는 눈
자면서도 웃는 입
말랑말랑한 몸, 생각
새털 같은 걸음걸이
지칠 줄 모르는 춤
어눌한 듯 콕콕 와 박히는 말투

퇴고가 필요 없는 시
수정본이 필요 없는 악보다

당신을
딴생각이 안 나는 사람 만들어줄게
웃는 거 하나만 기억나는 바보 만들어줄게

글자 없는 시
악보 없는 노래로

하루에도 몇 차례
풀 죽어 있던 나를 새파란 하늘 끝에 매다는

도대체
넌 누구니?

우리 잠시라도 봄볕 같은 시간 속에 들 수 있다면

후덥지근한 오후
아이가 영상으로 전화해
할면 뭐해
종달새 소리를
부려놓는다

맛있는 딸기를 먹고 싶네
했더니
음
기계에 구멍을 뚫어야겠어요
먹고 있던 딸기 하나 핸드폰에 댄다
순간 머릿속으로
길이 뚫리고
길 중간지점에서 만난 아이와 내가
내장 빨개지도록 딸기를 먹는다
순식간에 들어차는 바람
눅눅하던 맘을 보송보송 닦아놓는다

나도

텔레파시 폰으로
먼 그대에게 전화를 걸을래

뭐 해요?
안부를 묻고
뜬금없는 얼굴로
차 마실래요?
영상 폰 속 오소소 떠는 그대 앞에 따끈한 차를 내야지

우리 잠시라도 봄볕 같은 시간 속에 들 수 있다면
하루쯤
어리고 조그마한 생각의 사람으로 돌아가도 좋을 일
엉뚱하고 시시한 생각의 사람으로 살아봐도 좋을 일

욕심을 꿈이라고

추석 다음 날 모인 가족
저녁상 물리고
달 보러 나가잔 아이 말에
홀린 듯 밖으로 나갔던 것인데
빌어야 할 소원 있단다
보름달은 어제 왔다 가버렸어
누군가 대답했더니
어떻게 해
얼굴 찡그리며
소원은 비밀이라
달님에게만 말해야 한단다

아이가 속엣말로 내게 묻는다

달님에게만 말하고 싶은
소원
아직 안에
있어요?

애초
욕심이라고 불려야 했을 이름을
꿈이라고
착각하고 산 것은 아녜요?

깔깔깔 감자꽃

늦은 오후
파주서 온
딸네 식구랑 감자를 캔다
뿌리 끝에 달려 나오는 감자알에서
눈길 못 떼는 아이

밭고랑에 주저앉아
혼자 따 담을 거라고
식구들 쫓는다

아이 얼굴 가득
식물도감에도 없는
감자꽃 피었다

저 깔깔깔 감자꽃 피게 하려고

비워둔 농막에
햇살이 다녀가고
바람이 놀다 가고

비가 뿌리고 갔다

말문 연 아이

세 돌 넘도록 말을 못 해
맘 졸이게 하더니
어린이집에서 나와
비 오는 하늘 보며
어떡해?
말문 활짝 열어젖혔다지

비 오면
우산 쓰면 돼
대답하며
네 엄마
가슴 벌렁거렸다지

말문이란 걸 달아준 맨 처음의 그분
왜 하필 네게는
그토록 무겁고 두꺼운 문 달게 해
오래도록 무덤 속 같은 고요 느끼게 했는지
묻고 싶은 날 많았었지

오래도록 아팠을 텐데
실수로라도
닫힐 일 없게 해달라고
두 손을 가지런히 모아보는 것인데

인하 다인이 채이 주환이…
오래전 열고 나온 문을
다 늦은 계절에
열고 나왔을 뿐인데
캄캄하던 내 머릿속이 왜 이토록
환해지나

다만 그때까지 살아서

흰 머리카락 과자 부스러기 휴지 조각
보이는 대로 주워
쓰레기통에 넣고 오던 아이
벗은 제 종아리에서
까만 점 하나를 발견하고
검지로 열심히 후벼 판다
얼굴 벌겋다
끝내 빠지지 않자
내 손 끌어다 대며
빼달란다

살면서
맘먹은 대로 할 수 없는 거
그것 말고도 수두룩해질 텐데
널 수시로 조여올 텐데

거머리처럼 달라붙어
아이 맘 아프게 할 어떤 생 앞에 다다르자
막막하다

내가 뭘 도와줄 수 있을까

다만
그때까지 살아서
잠시라도
네 차가운 두 손 따듯이
잡아줄 수 있다면
좋겠구나

빗소리 거세지며

어린이집 개학이 또 미뤄졌다고
딸과 손주 아이 울상이다

울 안
꽃다지 산수유 제비꽃 홍매화…
봄이라고
떠들썩한데
마스크 안으로 솔아드는 말들

코로나 따위 무서울 거 없다고
으스대며
마음 빗장 딸깍딸깍 열어젖히는 저 봄꽃들을
터럭만치라도 닮을 수는 없을까요

꽃 피우는 거
늦추는 일 없는 봄꽃들
부러운데

잔잔하던 빗소리 거세진다

바깥 문 잠그고
봄꽃처럼 살지 못한 날들
돌아봐요

기다린다는 말 속에 들어 있는 힘을

보고 싶은 맘 누르고
종일 엄마 없이 잘 논 아이한테
무슨 말을 해야 하나
놀이터 친구랑 안녕하고 들어와
창밖은 어두워진 지 오랜데
딸아이 퇴근을 안 한다

엄마 집에 오려면 더 있어야 해
울지 않고 잘 놀면 엄마 빨리 온다
과자 주고 장난감 꺼내줘봐도 싫다는 아이더러

기다리자 그럼 엄마 온다
했더니 신기하게도
떼가 멎는다

쓸쓸하단 말 슬프단 말을
버무리고 주물러 만든
기다린다는 말 속에 들어 있는 힘을
아이도 믿는가보다

작은 거인

뭘 먹을래?
잘 잤어?
뭐 하고 놀까?

아이 앞에 가면
못을 치고 문고리를 닫아걸고 오래 눌러두었던 말들이
근질근질 밖으로 나가고 싶어 몸을 비틀다 툭 툭 터져
나간다
두어 문장 오가면
부글거리던 생각들이
가라앉고
세상을 원망하던 맘 사라지고

너 때문에 내가 산다
고개 끄덕이게 하는

저 작은 거인을 뭐라 불러야 하나?

왜 내 몸이 종일

말이 늦어 병원에 갔었어요
딸아이 전화다

우루루우루루 몰려다니다 참기 힘들 때쯤
할머니 할아버지… 터져 나오겠지
상상만으로
눈앞에
꽃 사태 진다
할머니 할아버지
사랑해요…
이적지 한 번도
불러준 적 없지만
눈 감으면
이토록 가슴 쿵쾅거리게 하는
아이의 무시무시한 힘은
어디서 오는 것이냐

전화 끊고 나서 환청처럼 들리는 목소리들
고민하지 마세요

당신 무게를 덜어내세요
사랑하기에만도 생은 짧아요

어떤 철학도 종교도 널 넘어설 수 없다

넌, 해 질 무렵 따라 부르고 싶은 노래

박대성
시인

한기옥이 태어날 때 탄생을 주관하는 천사가 상자 하나를 주며 한기옥의 귀에 속삭였다. 세상에 내려가 몸과 마음이 힘들 때면 이 상자를 열어보라고. 그 투명한 상자에는 시가 들어 있어서, 삶에 힘듦과 불안을 느껴 상자를 열 때마다 순수 영혼의 원천에서 흘러나온 시들이 한기옥 앞에 펼쳐졌다. 이제 그 상자를 어린 손자에게 건네주고 있는 모습을 이번 시집을 통해 마주할 것이다.

한기옥은 2009년 『안개 소나타』를 시작으로 『세상 사람 다 부르는 아무개 말고』, 『안골』, 『세상 도처의 당신』 등 네 권의 시집을 출간했다.

네 차례 시집 발간에서 한기옥이 어떤 목소리를 내고 있는지 알아보기로 하자.

"자신만의 목소리로 천천히 진입하면서, 안으로만 울음을 유폐시켰던 것에서 바깥으로 눈길을 돌리는 상상력의 전회를 성취하고 있다."

— 유성호, 『안개 소나타』 해설 중에서

"피붙이인 가족과 집, 나서면 눈 마주치는 이웃과 멀고 가까운 풍경을 이루고 있는 대상들에 자신을 투영해 거기에서 우리가 다르지 않은 존재라는 공통분모를 발견하고"

— 최준, 『세상 사람 다 부르는 아무개 말고』 해설 중에서

"직정의 정감을 토로하는 동시에 기층언어 특유의 친화적 호소력과 삶의 직접성과 구체성을 구현하며 독자의 정서에 호소해 오는 말들이 작품 곳곳에 산재해 있다."

— 호병탁, 『안골』 해설 중에서

"자연과 가족, 그리고 가까운 이웃들의 삶과 생태에서 얻은 지혜와 성찰을 통해 이 삶과 세계가 살 만하다는 긍정의 시 세계가 시인

에게는 자의식을 달래주는 힘으로, 독자에게는 슬픔과 고난을 극복할 수 있는 치유의 힘으로 작동할 것이다."

—이홍섭, 『세상 도처의 당신』 해설 중에서

살펴본 바와 같이 한기옥은 다양한 모습의 이웃들과 자연과의 통섭을 뜨겁고 절절한 가슴으로 써나가는 시인이다. 특히 세상의 도린 곁에 시선이 오래 머문다.

네 권의 시집은 다양한 소재들로 짜였지만 시종 지켜가는 자세는 세상을 사랑 어린 시선으로 바라보는 따뜻함이다. 시장통 단골 수선집에 자작시를 걸어주기도 하고 가깝게 사는 이들과의 소통을 늘 진지하게 받아들이며 글로 풀어낼 줄 아는 '곁'과 '옆'의 시인이다.

이번 다섯 번째 시집은 한기옥이 '시인의 말'에서 밝히듯 올해 여덟 살이 된 손자를 만날 때마다 기록한 8년간의 기록이며 순애보다. 좋은 시는 삶의 생생한 경험을 기초로 한다.

이제 손자 기선이를 통해 얻은 자잘하고 사소한 경험들이 어떻게 시가 되는지를 살피기로 한다.

넌 내게
살며시 기댈 뿐인데

요새 뭐 해요?

말 거는 것 같고

넌 내게

가늘게 웃을 뿐인데

말 못 할 걱정 있어요?

묻는 거 같고

넌 기침 소릴 낼 뿐인데

고라니 꿩 토끼 노루 까치…

손뼉 치고 춤추는 모습

섬광처럼 일었다 지고

눈 떠서 잠들 때까지

곁에 내가 있잖아요

땟물 찌든 마음 자락 보얗게 빨아

대기권 바깥에 널어줄게요

오래도록 살고 싶게

주문을 거는 사람

넌 새끼 오리처럼 걸을 뿐인데

나를 옥죄고 있던

문이란 문들 활짝 열리네

―「문 여는 사람」 전문

인용한 시에서 한기옥은 시의 대상이 되는 손자와의 사

랑과 친밀감을 순간 포착의 그물을 던져 예찬과 연민의 어조로 풀어내고 있다. 손자 기선이를 돌보며 그동안 묻혀 있던 자신의 감정들과 마주한다. "넌 내게/ 살며시 기댈 뿐인데/ 요새 뭐 해요?/ 말 거는 것 같고/ 넌 내게/ 가늘게 웃을 뿐인데/ 말 못 할 걱정 있어요?"라는 말을 읽어낸다. 손자 기선이는 거울이다. 마음의 거울. 어쩌면 이렇게 작고 귀여운, 살아 있는 거울이 있을까. 그 거울을 밝고 맑게 닦아 자신의 모습은 어떠한지 비춰보기 위해 "옥죄고 있던 문"들을 활짝 연다. '옥죄고 있던 문'이란 어쩔 수 없이 입게 된 세월의 옷가지들, 타성과 미망, 허위와 가식들일 것이다.

우리 앞에 닥칠 인생 저 나무들 같다면야
뭐든
견뎌볼 만하지 않겠냐고
각자 홀로 생각에 잠기는데

나무가 옷을 갈아입었네

식구들 가슴에
빨간 아침 해 띄워놓고
새 한 마리씩 날아가게 하는 아이

아이 안에는

시 배운 적 없는

큰 시인 한 분 사신다

— 「나무가 옷을 갈아입었네」 부분

흔히 시인은 '잠수함의 애완동물'에 비유되기도 한다. 잠수함 속 애완동물의 병듦이나 죽음이 잠수함의 산소 부족을 예고해주기 때문이라 한다. 한기옥의 시편들이 지금 그렇다. 세상에 산소가 부족하여 모두 숨 막혀 하고 있음을. 부족한 산소를 한기옥은 이번 시집을 통해 생성해 낸다. 가족 사랑만큼 좋은 산소가 있을까. 이번 시집이 온통 사랑으로 점철되어 있기에 더욱 그렇다. 사랑의 시인 한기옥은 손자 기선이의 아주 평범한 말 한마디 한마디에서 산소를 길어 올린다. 무한한 산소를 머금고 있는 '큰 시인' 손자 기선이를 향한 찬양과 송축의 마음을 쏟아내고 있다.

정비공 소년처럼 네가 와서

어눌한 말과 윤기 나는 웃음으로

녹슨 먼지 털어내고

기름 한두 방울 쳐줬지

뻑뻑하던 바퀴들
랄라랄라
돌아가던 날
휘둥그레진 내 눈 쳐다보며
귀띔해줬지

나아갈 길도
되돌아갈 길도 보이지 않아
끙끙거리고 있을 누군가에게 가

톡 톡
기름 한두 방울 쳐주는 일 같은 게
시일 거라고
─「정비공 소년처럼 네가 와서」 부분

이 시에서 하나 주목해야 할 시어가 있는데 '정비공'이라는 말이다. 시에 있어 시어 하나를 '툭' 튀어 돋보이게 하는 애드벌룬 기법은 흔히 사용되는 기법이다. 그런데 여기서 생뚱맞아 보이는, 전혀 아이와는 무관할 것 같은 어휘인 '정비공'을 끌어와서는 조몰락거려놓는다. 재밌는

발상이 아닐 수 없다. '정비공 소년' 기선이는 할머니의 정체停滯와 혼돈들에 "녹슨 먼지 털어내고/ 기름 한두 방울 쳐"준다. 기선이 덕분에 할머니가 힘을 얻을 수 있다고 말하지만, 기실 할머니는 기선이의 성장 과정 내내 맥가이버 같은 정비공이 되어 곁에 "톡 톡/ 기름 한두 방울 쳐주는 일 같은 게/ 시일 거라"는 그 시를 지으며 곁을 지켜주리라는 심원心願을 담고 있는 시편으로 읽히기도 한다.

당신들이 말하길 바란다고
내가 말하고 싶어지는 건 아녜요
내가 말하고 싶을 때 말하게
날 내버려둬요

누구든 오늘
그의 시간을
꽉 차게
살아내고 있는 중일 텐데

아이 앞에서
말이 늦는다고
나는 또
성화다

― 「날 내버려둬요」 부분

성화는 대상에게 바라는 마음이 크면 클수록 더 크게 파도친다. 세상이 올바르고 착하고 선한 세상이 되어달라는 한기옥의 성화가 읽히는 시다. 한기옥은 기선이의 입을 빌려 세상을 향해 하고픈 말을 천천히 오래도록 할 것임을 밝히고 있다.

훗날 기선이가 글눈을 떠 이 시집을 읽게 되었을 때를 상상해보라. 세상에 이렇게 아름다운 이야기가 있을까. 할머니가 손자에게 남긴 이야기. 자신을 돌보던 이야기를 배냇저고리같이 꺼내 보며 기선이는 얼마나 커다란 용기를 얻을 것인가. 할머니가 살았던 세상을 되짚어보며, 할머니같이 세상을 따뜻하게 안아주려는 그 사랑과 의지를 읽어내게 될 것이다.

'미래'라는 말은 참 아름다운 말이다. "누구든 오늘/ 그의 시간을/ 꽉 차게/ 살아내고 있는 중일 텐데"라는 말을 미래를 살아갈 기선이를 향해 선물처럼 하고 있는 것이다.

하여 이번 시집은 잠언으로도 읽히기도 한다. 할머니의 사랑 가득한 한 권의 잠언. 이 얼마나 참다운 이야기인가. 세태가 빠르게 변하며 가족관계도 상상 이상으로 변질되어가는 요즘, 한기옥의 시편들은 가족 사랑의 노래가 되어 세상 도처로 날아가게 될 것이다.

아이가 붙박이장 문에 붙이고 간

승강기 그림

버튼 위에

손가락 얹을 때마다

실로폰 소리처럼

끌려 나오는 아이 목소리

거실이 왁자하다

(…중략…)

민들레 꽃씨

꽃 꿈꾸다 내려오는

하늘 허리 층쯤

내려줄 순 없겠니?

봄 사람 되게 해줘

세상을 환하고 따듯하게 데워주고 싶어

얼음장 같은 사람들 녹여주고 싶어

(…중략…)

내가 어떻게 해야 하니?

심장과 머릿속

울화, 아집, 욕망…

나를 낚아채

끌고 가며 놓아주질 않는 저 허깨비들

아무리 떼어내려 해도 떼어낼 수가 없구나

걱정하지 마세요
내 일등손님 그대를 태우지 않고
승강기가 떠나는 일은 없을 테니까
　　─「승강기 그림 앞에서」 부분

　한기옥 시인의 시선과 필치는 독자의 '마음'을 향해 내달린다. '마음'이란 모든 현상이나 사물을 발원케 하는 근원origin이자, 소소한 일상적 소망으로부터 형이상학적 열망까지 이르게 해주는 존재론적 거소居所를 말한다. 수많은 시공간에서의 경험과 기억을 사람들은 '마음'에 담아 보존함으로써 새로운 '마음'으로 이월해간다.

　"울화, 아집, 욕망…/ 나를 낚아채/ 끌고 가며 놓아주질 않는 저 허깨비들"을 떼어내고 "민들레 꽃씨/ 꽃 꿈꾸다 내려오는/ 하늘 허리 층쯤/ 내려줄 순 없겠니?/ 봄 사람 되게 해줘/ 세상을 환하고 따뜻하게 데워주고 싶어/ 얼음장 같은 사람들 녹여주고 싶어"라 말하며 가슴 열고 세상을 힘껏 끌어안고는 한기옥은 새로운 세계로 '기선이라는 승강기'를 타고 이월해가는 것이다. 그 이월의 동력 '마음'을 손자 기선이로부터 얻고 있다.

그 아이
오물거리는 입이 보고 싶어서
여기가 어디지?
물었더니

할머니 집

잠시 후
오감 선생님, 오감 선생님 부르며 입이 귀에 걸린다

오! 오감 선생님이라니?

우보삼성, 우보산성, 우보산선 우보선선, 우보선샌, 우보선생, 오
보선생, 오감선샌, 오감선생, 오감선생님… 수두룩한 말 더미 속에
서 이걸 골라냈다고?
(…중략…)
기선이는 다섯 살

여기 오기 전
김소월, 김종삼, 서정주, 김춘수…
이런 시인을 만나

시를 배워온 게 분명하다
— 「말놀이」 부분

　세상의 엄마들은 난해하기 짝이 없는 갓난애의 말들을
훌륭하게 번역하는 능력을 갖추고 있다. 그것은 후천적
학습에 의해 습득된 능력이 아니라 본디 타고난 능력이
다. 손자의 성장 과정을 기록한 할머니가 마침 시인이다.
시인과 손자, 이 손자는 얼마나 행복할까.
　"기선이는 다섯 살"이라는 한 구절은 기선이에 대한 경
탄과 송도頌禱의 절정으로 읽힌다. 얼마나 신비하게 '오물
거리는 입'인가. 이 구절에 이번 시집의 정신과 한기옥의
코나투스가 함축되어 있다.

아이가
그려놓고 간 초상화

라면 머리카락
나뭇잎 눈썹 막대기 코
사탕 눈 스마일 입

착하고 다정하기도 해라

내 안에 이렇게
아름다운 사람
들어 있는 거야?

이런 할머니 되어달라고 말하는 것 같아
얼굴 달아오른다

엄마 아빠 삼촌…
누구든 그 애
가슴속 한 차례 휘돌아 나오면

숨어 있던 천사가
얼굴 곳곳에서
하트를 날리고
두 눈을 찡긋거린다
─「초상화」전문

아이는 할머니를 사랑한다는 그림 편지를 쓴다. 할머니의 이해를 돕기 위한 도설법이다. 참 기특한 아이가 아닐 수 없다. 할머니는 아이의 그림을 흐뭇한 시선으로 완상한다. 손자 기선이는 온몸으로 할머니를 그린다. '그린다'

는 말은 다의적이다. 가까이 있지만 그리운 게 가족이다.
기선이가 그린 초상화는 기선이 삶에 최초의 인문학 퍼포
먼스일 수도 있다. 늘 가까이 두고 부르고 싶은 이름 할머
니. 그림 한 장을 통해 서로는 혈연이라는 끈으로 떼려야
뗄 수 없는 사랑을 각인해둔다.

또래보다 말이 늦어
할아버지 할머니라는 말 대신
하찌, 하이라는 말을
달고 다니는 아이
(…중략…)
어린이집 함께 들어가자 떼쓰는 걸 떼어놓느라
할아버지는 무릎 아파 병원에 가야 해
왼쪽 무릎 탁탁 치며 헤어진 일 있다

그 뒤
친구들에게 할아버지 얘기 꺼낼 일 있으면
나 말 못 해
하찌 한 번 쳐다보고는
왼쪽 무릎을 탁탁탁
어린이집 애들도
멀리서

할아버지 나타나면

손가락으로 가리키며

말 잘하는 애들까지

왼쪽 무릎을 탁탁 치며 뛰어오는 거다

그가 아프면 함께

함께 아파하는 거라고

그가 뒤뚱대면

같이 뒤뚱대는 거라고

말 잘해도

함께 말 못 하는 척

친구는 그런 거라고

— 「친구는 그런 거라고」 부분

　참 아름다운 시다. 언어는 약속이다. 그렇게 하자고 약
속된 것이 언어이다. 그런데 아이들의 세계는 그 약속보
다 중요한 것들이 있는가보다. 그것을 한기옥 시인이 놓
칠 리 없다. "친구는 그런 거라고" 정말 친구는 그런 거
라고, "그가 아프면/ 함께 아파하는 거라고/ 그가 뒤뚱대
면/ 같이 뒤뚱대는 거라고/ 말 잘해도/ 함께 말 못 하는
척" 해주는 거라고, 또래들의 사랑을, 애타愛他를 본 것이

다. 이만하면 세상은 살 만하지 않냐고 시 한 편을 자아올
린다.

'무궁화꽃이 피었습니다' 놀이해

틈만 나면 졸라대는 아이

술래 돌아서 있을 때

안 보이게 걸어오는 거라고

몇 번씩 설명해줘도

매번 눈에 띄는 모습으로 식구들

배꼽 쥐게 하는데

아무도

움직이는 거 봤다고

말하지 않는다

알면서도 모르는 척

봤어도

못 봤다고

시치미 떼주기

때때로

눈뜬장님인 척해주기

그게

어여쁜 당신

꽃 같은 내 사랑

당신께 다가설 수 있는 유일한 길이라면

불 속인들 뛰어들지 못하겠습니까

─「무궁화꽃이 피었습니다」 부분

짝사랑에 빠진 사람은 비밀이 있다. "당신께 다가설 수 있는 유일한 길이라면/ 불 속인들 뛰어들지 못하겠습니까"는 아직 발설되지 않은 비밀이다. 그런데 그 비밀이 밖으로 비친다. 간절하여 밖으로 비치는 것이다. 기선이를 사랑하는 마음을 숨길 필요도 없지만 더 크게 더 많이 사랑한다는 말의 구 할은 늘 할머니 마음속에 있다. 퍼내어도 퍼내어도 사랑의 말들은 부족하고 구 할은 할머니 마음속에 있다. 그래서 더욱 애간장이 탄다. "때때로/ 눈뜬 장님인 척해주기"도 "알면서도 모르는 척/ 봤어도/ 못 봤다고/ 시치미 떼주기"를 하며 "꽃 같은 내 사랑"을 안고 보듬고 가슴의 말로 친친 온통 감싸고 싶은 것이다.

하하

한 단어면 됐었지

할머니, 할아버지

신난다

답답해

배고파

슬퍼…

말이 늘더니

눈 오는 게 소원이야

할아버지 운전 놀이해

삼촌 방에서 잘래

한글 선생님 칭찬한다는데

(…중략…)

세상을 다 품어 안은 듯

통쾌했던 그 말

내게도 찾아올까?

누군가를 홀딱 반하게 정신 놓게 해줄

짧고도 긴

어떤 말

그 한마디 말로

시 한 편 쓸 수 있었으면 좋겠다고

눈 감아보는 생각 사이로

산수유꽃 피고 진달래꽃 핀다

사랑의 길은 일방통행이다. 한 번 들어서면 뒤돌아 나오기 어렵다. 자식(손자)을 향한 어머니(할머니)의 사랑도 일방통행이다. 한 번 가면 돌아올 줄 모르는 사랑, 보상을 바라지 않아 늘 퍼주는 사랑이기에 부모의 자식 사랑은 '내리사랑'이라고 부른다.

기선이의 말들은 어디서 왔을까. 기선이를 통해 우주의 말을 듣는다. '한 단어'면 충분한 말들은 우주의 말이다. "어떤 말/ 그 한마디 말로/ 시 한 편 쓸 수 있었으면 좋겠다고" 한기옥이 "눈 감아보는 생각 사이", 기선이가 봄을 불러와 "산수유꽃 피고 진달래꽃"이 핀다. 이 얼마나 벅찬 은유인가.

말의 전달자는 어눌한 어법을 쓴다. 그러나 어눌하면 할수록 그 뜻은 더욱 명징해진다. 기선이의 화법이며 하늘과 우주의 화법이 시에 내려앉아 있다. "한 단어면 됐었지"라고 할머니는 말한다. 한 단어로 된 벅찬 시를 짓기 위해 한기옥은 열심히 우주의 말을 받아 적고 있는 중이다.

희한해라

말하지 않는데

너는 날
종일
설레게 하네
글썽이게 하네

이 별에 올 때 가져와
버려둔 마음 조각들 주워
먼지를 닦아주세요
눈물을 닦아주세요

당신 깊은 곳을 들여다보세요
무거운 머리를 바닥으로 퉁 던져버리세요

다시
넌 날 떠나가고
빈방인데

여문 씨앗처럼 터지는 문장들
천지사방 걸어 나와
나를 흔드네

넌 누구니?
—「무거운 머리를 바닥으로 퉁」전문

누구나 저마다의 시가 있다. 생의 뒤편 어딘가에 적어놓고 온, 현실을 살아가느라 잊어버린 순수의 시. 그 시들이 기선이를 통해 "여문 씨앗처럼 터지는" 것이다. 손자의 돌봄은 때론 가족 간 갈등이 되기도 한다. 그런데 한기옥은 그 돌봄을 감사히 받아들인다. "희한해라/ 말하지 않는데/ 너는 날/ 종일/ 설레게 하네/ 글썽이게 하네" 손자의 돌봄은 곧 한기옥 자신의 돌봄으로 바뀐다. 손자 기선이를 만나게 된 것은 한기옥에게 커다란 선물이다. 그 선물이 말도 하고 마음도 어루만져준다. "당신 깊은 곳을 들여다보세요/ 무거운 머리를 바닥으로 통 던져버리세요" 아이 하나가 우주며 섭리다. 한기옥이 기선이를 돌보는 동안은 별나라 은하계를 둥실 떠다니는 것이다.

도둑 아저씨네 집에

너처럼 어린애가 살아

엄마도 없는데 아이가 아파

낮엔 아이랑 놀아줘야 해서

아빠가 일을 할 수 없단다

병원에 갈 돈을 벌려고

아빠가 밤에

잠깐씩 도둑이 되는 거야
세상에 처음부터 나쁜 사람은 없단다

내 진부한 소설에 흥미를 보이는 아이가
다음 줄거릴 물으며
식당에 가 밥도 먹고
목욕탕에 들려 목욕도 하잔다
그럼 도둑이랑
여관에 들어가 잠을 자는 건 어떠냐 물었더니
손뼉 치며 발 구른다

그렇게
아침이 오고
나는 다시 도둑이 되어 도망을 가고
아이는 경찰차 경적을 울리며
끝없이 쫓아오고…

그런데
이 지난한 생은
언제쯤 끝나게 되는지 아느냐고
묻고 싶을 즈음

아이가

경찰차를 장난감 통 안에 넣는다

다른 놀이 할까요?
아님
피할 수 없는 생이라 생각하고
즐기시던가
어떤 말을 하려고 한 건지는
알 수 없다
　　　　—「도둑놀이」 전문

　"내 진부한 소설"은 한 편의 동화다. 동화 속 세상에서
삶과 죽음도 선악도 하나 없다. 아이에게 들려주는 동화
한 편이 안타까운 이웃들과 세태를 반영한다. 한기옥이
기선이에게 들려주는 동화는 "세상에 처음부터 나쁜 사
람은 없"다는 가설로 시작된다. 할머니의 이야기를 듣는
아이는 도둑을 잡아야 할 경찰차를 장난감 통 안에 넣는
다. 아이가 할머니 동화를 이해한 것일까. 그러며 한기옥
은 "어떤 말을 하려고 한 건지는/ 알 수 없다"며 동화 속
에서 걸어 나온다. 도둑은 일상을 살아가고 있는 이웃들
이다. 야근을 일삼는 이웃들. "그럼 도둑이랑 여관에 들어
가 잠을 자는 건 어떠냐"고 할머니는 동화를 눙친다. 고
단한 이웃들을 여관에 데려가 잠자게 하고 싶은 한기옥의

촉촉한 가슴이 느껴져 온다.

부글거리던 생각들이
가라앉고
세상을 원망하던 맘 사라지고

너 때문에 내가 산다
고개 끄덕이게 하는

저 작은 거인을 뭐라 불러야 하나?
　　　　　　　　　—「작은 거인」 부분

　마음이 행복한 사람에게는 자연의 소리가 아름다운 법
이다. 이미 마음이 갖은 악기들로 가득해 바깥의 그 어떤
작은 움직임에도 반향을 일으키기 때문이다.
　위의 시에서 보여주듯 자꾸 살고 싶게 만드는 기선이를
만난 시인 한기옥은 행복하다. 행복하기에 아이에게서 비
롯되는 모든 소리가 아름답게 들린다.
　이번 시집은 가족들이 함께 어울려 살아가는 아름다운
모습을 어린 화자를 통해 잔잔하게 그려내고 있다. 아이
하나를 키우는 가족 간 소통과 사랑을 읽어낼 수 있는 시

집이다.

이번 시집이 정양靜養의 온천수처럼 잔잔히 독자들에게로 흘러가길 기대한다. 하여 독자들이 불미와 불안을 잠재우길 바란다.

글을 마치며 기선이와 한기옥 시인 가족 모두의 행복을 두 손 모아 빈다. 끝

달아실 기획시집 36

좋아해서 미안해

1판 1쇄 발행   2024년 9월 30일

지은이   한기옥
발행인   윤미소
발행처   (주)달아실출판사

책임편집   박제영
디자인   전부다
법률자문   김용진, 이종진
기획위원   박정대, 이홍섭, 전윤호
편집위원   김선순, 이나래

주소   강원도 춘천시 춘천로 257, 2층
전화   033-241-7661
팩스   033-241-7662
이메일   dalasilmoongo@naver.com
출판등록   2016년 12월 30일 제494호

ⓒ 한기옥, 2024
ISBN 979-11-7207-029-8 03810

* 잘못된 책은 구입한 곳에서 바꿔드립니다.
* 책값은 뒤표지에 표시되어 있습니다.
* 이 책은 예술인복지재단의 후원으로 제작되었습니다.